Henri Tollin

Charakterbild Michael Servets

Henri Tollin

Charakterbild Michael Servets

ISBN/EAN: 9783743647213

Hergestellt in Europa, USA, Kanada, Australien, Japan

Cover: Foto ©Raphael Reischuk / pixelio.de

Weitere Bücher finden Sie auf **www.hansebooks.com**

Charakterbild

Michael Servet's.

Gezeichnet

von

Henri Tollin,
Lic. theol.,
Prediger zu Magdeburg.

Berlin SW. 1876.
Verlag von Carl Habel.
(C. G. Lüderitz'sche Verlagsbuchhandlung.)
33. Wilhelm-Straße 33.

Ueber den Genfer See, sich wiederspiegelnd in seinen tief-
blauen Fluthen flammt plötzlich ein unheimlicher Feuerschein. Es
ist kein Vesuv, der die Nacht des savoyischen Neapel erleuchtet.
Es ist die Fackel der Intoleranz, die sich auf dem Platz von
Champel angezündet hat. Einen Scheiterhaufen umgiebt Kopf
an Kopf dort das protestantische Volk. Und auf dem Scheiterhaufen — der auf dem Block basitzt, an einen Pfahl befestigt,
einen Schwefelkranz um sein gramgebleichtes Haupt, zwei Bücher
gebunden an seine Hüften, der große, untersetzte Mann, mit
stämmigem breiten Schulternpaare, das ernste, elegische, abgehärmte,
lange ovale Gesicht mit energischer Nase, dunklen sinnenden Augen
und vollem Bart um Mund und Kinn, das ist der Spanier
Michael Servet-y-Reves, ein zweiundvierzigjähriger. Noch heut
morgen hat der gewaltige Mann, ein Feuergeist wenn irgend
einer, den Calvin, seinen großen Gegner, um Verzeihung an-
gegangen; es war in dem Raum, den Calvin ihm angewiesen,
dort in dem finstern Kerker, wo die üble, feuchte, kalte Luft ihm
das Augenlicht zu rauben gedroht und das Gewürm seine Kleider
zernagt hatte. Calvin hatte sich von ihm zurückgezogen. Vor
dem Rathhaus hatte dann Servet sein Urtheil angehört. Was er
gethan, antwortete der Spanier, das habe er gethan, um Gottes
Ehre zu fördern. Zu sterben sei er bereit. Er bitte um die

Gnade des Schwertes. Der Senat war unerbittlich. Servet
hatte nochmals seine Unschuld betheuert und Gott laut um Ver-
gebung für seine Ankläger gebeten. Gegen Mittag war Michael
auf der Richtstätte angekommen. Dort war er niedergefallen auf
sein Angesicht, und hatte wieder gebetet, lange brünstig gebetet.
Dann hatte er die Umstehenden um ihre Fürbitte bei Gott ersucht. Jetzt flammt es auf und es umzüngelt ihn rings um den
Holzstoß. Misericordias, Misericordias, Gnade, Gnade! schreit
er da aus dem Feuer, mit spanischem Accent, aber so durchdringend,
daß das gesammte Volk zusammenschrickt und vor Schreck erbleicht.
Da will das Holz nicht brennen, die Bündel sind so grün. Es
ist, als ob Holz und Feuer sich schämten, solchem Menschenfrevel
zu dienen. Und es werfen mitleidige Seelen trockene brennende
Bündel dem Spanier auf den Leib. So steht er im Rauch und
in der Qual eine halbe Stunde. Dann schreit er noch einmal:
Jesu, du Sohn des ewigen Gottes, erbarme dich meiner!"
Und dann ist er Asche, er und sein Buch. (27. Octob. 1553.)
Von Asche genommen, zu Asche geworden. Aber zwischen Geburt
und Tod, wie viel Sehnen, Forschen, Ringen; wie viel Liebe,
Treue, Mannesmuth. Und nun . . . Asche! —

Doch wo ist der Caracalla, der ihn zu Tode gemartert hat?
Der Nero, der Diocletian? Der heidnische Kaiser, der den
spanischen Christen hat hingerichtet? Ein Heide, nirgend: alle
seine Häscher sind Christen. Christen? Ja Römlinge; Schergen
der gekrönten Unfehlbarkeit. Der Mann, um den nun sich Alles
drängt, dem Alles dankt, vor dem Alles niedersinkt, ist das Torque-
mada oder Ximenes? Wie heißt der Inquisitor, der so hoch dasteht,
das Haupt gen Himmel und in den Wolken den Blick? Es ist
kein römischer Inquisitor: Es ist Calvin, der Führer der
Protestanten. Und aus der Wolke von Zeugen, die ihn be-
wundernd umgeben, da ragen hervor die großen Reformatoren

und reichen ihm die Palme des Sieges. Seht, wie sie sich drängen, wie sie sich neigen vor des Pikarden energischer Frömmigkeit! Am engsten schmiegt sich an Calvin Ulrich Zwingli, als wäre es ihm Wonne, aus des Scheiterhaufens immer neu aufqualmenden Rauch zu ersehen, daß „dem Gotteslästerer nit der Luft gelassen werde." Neben ihm weidet sich an dem Gottesgericht Johannes Oekolampad aus Basel, der den „frevlen Spanier" so „stolz, vermessen, zanksüchtig" befunden, „daß alles nit an ihm beschüßt." Der Dritte im Bunde ist Martin Butzer aus Straßburg, der schon lange darauf gebrannt hatte, den unverschämten Neuerer, welcher die alten heiligen Väter der Kirche von der Brücke geworfen, öffentlich in kleine Stücke zu zerreißen. Von der andern Seite naht der milde Melanchthon, und beglückwünscht Calvin zu dem frommen und denkwürdigen Beispiel, das er durch diese Hinrichtung für die gesammte Nachwelt aufgestellt habe. Ihm pflichtet Urbanus Rhegius bei; sehe er doch nicht ab, wie man dieser Schlange aller Kezereien, des Hartnäckigsten unter allen Menschen hätte schonen sollen. Und Alexander Halesius gratulirt den Richtern, „die Genfer hätten sich um die gesammte Kirche verdient gemacht, daß sie den neuen Mahomet beseitigt." Und Calvin gegenüber dicht um den Scheiterhaufen, da stehen seine Freunde: Servets Beichtiger auf dem letzten Gang, Guillaume Farel voran. Durch Wort und That bezeichnet er vor aller Welt als gottlos, feige und grausam die Richter, welche es nicht wagen sollten, einen Menschen hinzurichten, der durch seine Lästerungen viel tausend Mal zu sterben verdiente. Da ist Bullinger von Zürich, dessen Seele noch immer schaudert, so oft sie der spanischen Kezereien gedenkt. Denn, sagt er neben sich zu einem Polen, wenn Satan selber aus der Hölle käme, er würde sich der Redeweise des Spaniers bedienen. Ja, antwortete Petrus Martyr, der die Bemerkung hörte, Servet ist der lebendige Sohn des Teufels, dessen pestbringende und abscheuliche Lehre überall verfolgt werden muß. Und Beza und Viret und Grynaeus und Zanchi und Musculus, sie alle in heiligem Chorus, den brennenden Scheiterhaufen umringend, rufen „Heil Calvin, Heil dem Senat von Genf: Die katholische Inquisition zu Vienne hat den Ketzer nicht unterdrücken können: das protestantische Gericht zu Genf hat ihn zu Asche zermalmt. Nun mögen die Katholiken sich rühmen ihrer Ordnungsliebe und ihres Eifers für Gott: die protestantische Kirche ist doch frömmer. Das hat sie bewiesen durch den Scheiterhaufen von Genf!" — — —

In Voltaire's allgemeiner Geschichte der Sitten nimmt der fromme Scheiterhaufen von Genf ebensoviel Raum ein als 10,000 und 100,000 andere. Und mit Recht. Die reich-haltigen Folterkammern, die ausgesuchtesten Kerkerqualen und all' die Seeen von Blut, welche die Waldenserkriege aufgesammelt haben und die spanische Inquisition und die französischen Ver-folgungen der Hugenotten, sie entspringen naturgemäß aus dem Grundsatz des römischen Katholicismus, der alle freie Forschung in Feuer und Blut erstickt. Allein in Genf wird der freie Bibelforscher eingekerkert, gefoltert, verbrannt von Protestanten! Es sind freilich alles Protestanten, deren Wiege im Katholicismus gestanden hat. Aber die Hinrichtung des Spaniers zu Genf ist dennoch eine protestantische That, eine na-türliche unausbleibliche Frucht des damaligen Protestantismus. Calvin ist der Mann, den der Gesammtprotestantismus seiner Zeit beauftragt hat, behufs öffentlicher Lossagung des Protestan-tismus von aller und jeder Ketzerei, den Angreifer der hergebrachten Lehre von der Dreieinigkeit, angesichts des christlichen Europa, in die Flammen zu stürzen. Nicht Calvin ist schuldig der That, sondern der Protestantismus seiner Zeit. Daß aber der Protestantismus jener Zeit, daß die ebenso feurige wie aufrichtige Frömmigkeit der Reformatoren solch' eine blutige Frucht zeitigen konnte und mußte, das ist seine Verurtheilung; dies ist der vollgültige Beweis, daß wir mit unserm Protestantismus heute bei den Reformatoren des sechszehnten Jahrhunderts, so groß, brav und fromm sie auch sein mögen, nicht stehen bleiben dürfen. Wie Servet's Geschick der Maßstab ist für die Entartung des bibelfesten Protestantismus von 1521 in den ketzerfresserischen Bekenntniß-Protestantismus von 1553, so ist noch heute Servet's Beurtheilung ein Maßstab für die Wahrhaftigkeit der Gottesliebe, die nicht den Bruderhaß will und den Brudermord, sondern die Duldung und jene echte Brüderlichkeit, welche den Irrenden schont.

Ob Servet geirrt hat und worin, das wollen wir hier nicht entscheiden. Wenn der berühmte Arzt, dessen eine Schrift in wenig Jahren fünf Auflagen [1]) erlebte, der Entdecker des Blutumlaufs, der Erfinder der vergleichenden Geographie und Herausgeber der besten Ausgabe des Ptolemaeus; der Astrologe und Mathematiker, zu dessen Füßen in Paris die Bischöfe, Grafen und Erzbischöfe lernend saßen, der Universalgelehrte, wenn der auf Einem Gebiete, dem theologischen Gebiete geirrt hat, so kann er darum doch noch ein Ehrenmann sein und nach der Wahrheit redlich geforscht haben, und ist in seinem Irren kein Grund vorhanden, ihn zu martern und zu verbrennen. Und wenn er nun nur das muthig durchgeführt hat, was der reformatorische Haupt- und Grundsatz gebot; wenn er biblisch und theologisch weiter gesehen hat, wie die Helden, die ihn verbrannt haben; wenn er tiefer hineingedrungen ist in die Geheimnisse der Gottesliebe, in das Herz der göttlichen Erbarmung, ist es dann verboten, seinen Forschungen nachzugehen, bloß deswegen, weil er einstmals den Reformatoren als Ketzer gegolten hat und als Gotteslästerer? Mit Servet beginnt eine dritte Reformation neben der

Luther's und des Concil von Trident: [2]) die Reformation des freien Bibel-Gedanken's, die Reformation des Christus-frohen Gewissens, die Reformation der Gotterfüllten Menschlichkeit. Daß diese Reformation in manchen Beziehungen höher steht, als die Reformation aus dem knechtischen Willen und aus der Vorherbestimmung zu Himmel und Hölle: das mag wohl die Zukunft lehren. Nur so viel möchte schon jetzt unsern Zeitgenossen klar sein, daß wir dem Märtyrer von Genf Unrecht thun, wenn wir sein Charakterbild zeichnen wollten mit den Farben und der Feder seiner Verdammer. Servet ist das Zerrbild nicht, zu dem ihn Calvin's Selbstvertheidigung hat stempeln wollen.

Dürfen wir nicht daran zweifeln, daß Michael Servet den größten Männern seines großen Jahrhunderts, auch einem Calvin, ebenbürtig zur Seite gestellt werden muß, [3]) dann hat die Geschichte ein Recht auf eine unbefangene parteilose Zeichnung seines Charakterbildes. Um dies zu gewinnen, müssen wir zu den Quellen aufsteigen, und ihn selber hören und sein Thun betrachten. Der geschichtliche Schlüssel zu Servet's Charakter ist seine Frömmigkeit. Ein bedeutender Anatom, praktischer Arzt und medicinischer Schriftsteller, durch seine letzten Theil Jahre Leibarzt des Erzbischof's Palmier zu Vienne, weiß er beim gerichtlichen Verhör zu Genf aus den ersten siebzehn Jahren seines Lebens nichts wichtigeres zu melden, als daß seine Väter Christen gewesen seien, von altem Edel-Stamm [4]) und daß er zu Toulouse auf der Juristen Universität zum ersten Male eine Bibel gefunden und mit seinen Mitschülern ein Evangelium gelesen habe, [5]) und daß er seit der Toulouser Bibelfindung ein Bibelforscher (étudieux de la Ste Ecriture), geworden sei, mit Eifer für die Wahrheit ausgerüstet [6],) ein christliches Leben geführt (pense avoir vécu comme un chrétien), und in seinen theologischen Schriften nichts anderes beabsichtigt habe, als seine Seele zu retten (se sauver) und den guten Geistern zu helfen (aider les bons esprits); und daß er vor Gott und seinem Gewissen (selon Dieu et sa conscience) überzeugt sei, das Rechte gesagt und das Rechte gethan zu haben, und noch heute glaube, in guter Absicht Gutes zu thun (bien fait à bonne intention);[7]) sollte er aber beim Forschen nach der Wahrheit (enquérir la vérité[8]) sich geirrt haben, so sei er bereit, sich bessern zu lassen (s'il a failli, qu'il est prêt à s'amender), und bitte um Gnade und Erbarmen (demande miséricorde, criant mercy.)[9]) Eben dieser Arzt stirbt um seines Glaubens willen und die letzten Worte des Sterbenden in den Flammen lauten gerade wie seine ersten: „Jesu, du Sohn des ewigen Gottes, erbarm dich meiner!" Muß da nicht angesichts dieser Thatsachen jeder unbefangene Forscher an den Charakter Servet's mit der Voraussetzung herangehen, daß der Sterbende ein frommer Mann gewesen sei;[10]) insofern nämlich Frömmigkeit nicht heißt, die ganze Wahrheit schon haben und üben, sondern um Gottes Willen in Herz, Wort und That nach dem Guten aufrichtig streben.

Servet lernte von den Juden (hebraïca veritas), lernte von den Heiden (Plato, Zoroaster, Trismegistus), lernte von den Muhamedanern (Alcoran). Aber in seiner Frömmigkeit war er ein Christ; denn alle seine Frömmigkeit wurzelt in der geschichtlich=lebendigen Person und dem Geiste Christi. In der Erstlings=Schrift vom Jahre 1531[11]) sagt Servet unter anderm: „Christus ist unser Friede, unsere Gerechtigkeit und unsere Heiligung. Christus ist die Seele der Welt (anima mundi), ja mehr noch als die Seele; denn durch ihn leben wir, nicht bloß im zeitlichen, sondern auch im ewigen Leben: das zeitliche hat er uns im Worte gegeben, das ewige im Fleische (Abendmahl!) geschenkt.[12]) Mehr als den Glanz der Herrlich=

keit möchte ich ihn nennen; denn den Herrn der Herrlichkeit nennt
den Gekreuzigten Paulus. Er ist ein Stern, unser Morgen-
stern. Er ist das Licht der Welt, das Licht Gottes, das Licht
der Völker. Der Glanz von seinem Angesicht erleuchtet den ganzen
Himmel. Christus ist die Gotteskraft, durch welche die Gesammt-
heit der Dinge geschaffen wurde. Die Rede vom gekreuzigten
Christus hat mit ihrer wunderbaren Liebesgewalt die Welt ihrer
Herrschaft unterworfen und wird sie sich weiter unterwerfen,
ohne Waffengeräusch die Geister gefangen führend. [13]
In Christo findest du die gesammte Weisheit des Vaters: in
seinem Munde das neue Gesetz und des alten Auslegung, das Wort
Gottes, welches uns die Erkenntniß des Vaters bringt. [14] Denn
ein wahrhaftiger Gehorsam und Gott höchst wohlgefällig ist es,
wenn wir unser Verständniß unter die Nachfolge Christi gefangen
nehmen (captivamus) sodaß wir von allem, was Er gesagt hat, überzeugt sind und in zuversichtlichem
Glauben daran festhalten. Ja so innig hat Gott seinen
Sohn geliebt, daß dies eine Gebot vom Glauben an Christum
für uns die Stelle des gesammten Gesetzes vertritt [15] und uns weit
größeren Nutzen bringt, wenn man es beobachtet als jenes. Die
gesammten Worte des geschichtlichen Christus haben nur den einen
Zweck, daß wir alle glauben sollen, er sei Gottes Sohn, und auf
sein Heil alle vertrauen. Und das ist meiner Lehre eigentliches
Fundament (Et hoc est mihi potissimum fundamentum). Der
geschichtliche Christus ist mein einziger Lehrmeister. [16]
Dieser Christus hat zuerst das Evangelium gepredigt; aus seinen
Ausspüchen erhält die gesammte Lehre der Apostel erst ihren Voll-
sinn, Licht und Glanz. Alle Predigten der Apostel in der Apostel-
geschichte handeln das eine, daß sie diesen lebendigen Jesu uns
vor die Augen stellen und uns davon überführen, daß dieser
Mensch Christus sei, Gottes Sohn, der Heiland. [17] Was

aber die wissenschaftliche Erörterung der Person des Wortes betrifft, so muß man alle besonnene Untersuchung auf die geschichtliche Person Jesu Christi richten. Für Den habe ich das
Wort ergriffen (pro quo dico.) Und das ist auch schon der Zweck
bei der Predigt des Johannes. [18]) Vielleicht sagst du, daß es wenig
nütze, das äußere geschichtliche Angesicht Jesu Christi zu sehen.
Ich aber sage, daß es dir viel nützt, wenn du gläubig schaust
(multum prodesse, si credendo videas.) So lange dir Un-
glaube und Spott im Herzen wohnt, schaust du ihn unwürdig
an, und sprichst: „Was ist das für ein Mensch," als wolltest du
den Menschen verkleinern, unbekannt mit des Menschen Gottes-
natur. Aber bist du erst gläubig geworden, so wirst du von
diesem Antlitz nie wieder die Augen wenden (nunquam oculos
divertas): Denn des Fleisches Augen ziehen des Geistes Augen
mit sich fort. [19]) So hängt denn alles von der Erkenntniß des geschichtlichen Christus ab, und wenn wir ihn nicht kennen, den
Menschen da, so kennen wir nichts. [20]) So große Dinge hat aus-
gewirkt die glorreiche Ankunft Jesu Christi, daß alles verwandelt
ist, der Himmel neu und neu die Erde. In den Himmel hat er
uns aufsteigen lassen: durch die Offenbarung seines Räthselwortes
(oraculo) hat Gott selbst sich uns aufgeschlossen. In die Thore
Gottes sind wir eingetreten, was dort verborgen lag erschauend
und sein Wort mit unseren Händen betastend und seinen Geist
in uns selber wahrnehmend. [21]) Und haben wir auf noch so mannich-
faltige Weise die Reichthümer Christi erforscht, so meinen wir
doch mit dem allen nichts gesagt zu haben, das seiner Würde
entspräche (pro ejus dignitate nihil mihi dixisse videor.) Ja,
Paulus selber weiß sich's nicht anders zu erklären, als daß
er vor Christo in Staunen ausbricht über die Länge und Weite,
die Schätze und Geheimnisse Gottes. [22]) — So der zwanzigjährige
Servet.

Das Jahr darauf in seiner zweiten Schrift[23]) lesen wir folgende Aeußerungen: „Ich sage dir, daß du nimmer in einem andern Glauben kannst gerettet werden, als wenn du glaubst der Mensch Jesus selber sei Gottes Sohn, der für deiner Seelen Heil gegeben ist und gelitten hat zur Sühne für deine Sünden (pro expiandis tuis peccatis.)[24]) Liegen doch in dieser Sache die so klaren und deutlichen Bekenntnisse Johannis des Täufers und der Martha und des Hauptmanns und des Nathanael und des Beschnittenen vor. Ja möchte in der Einfalt und im Glauben Jener meine Seele sterben und nicht in den Spitzfindig= keiten irgend eines von unsern Lehrern[25]). Denn, wie wir ehemals nach Christi Bilde geschaffen worden sind, so werden wir auch nunmehr nach Christi Bilde erneuert und wiedergeboren. Das Reich der Juden war ein Reich des Fleisches; ein Reich des Fleisches auch das Reich der Heiden, dem wir angehörten.[26]) Das Reich des lebendigen Christus ist ein Geistes=Reich. Und der Uebergang vom Fleisch zum Geist, der auch den Ein= gang bildet in Christi Reich, er geschieht durch Seine Erkenntniß und durch den Glauben an Ihn, insofern er sich vollziehen muß durch eine himmlische Neu=Geburt, bis zu welcher hin wir nichts als seelische Menschen sind (animales homines): und diese Um= geburt liegt durchaus nicht (nullatenus) in den eigenen Kräften des Menschen begründet, sondern muß beginnen und sich vollenden in Kraft des Zuges vom Vater und in der Kraft Seiner Er= leuchtung, da Er aus lauterer Gnade ruft und rechtfertigt, welche Er will: denn nicht hängt es ab von unserm Laufen oder Wollen, sondern von Gottes Erbarmen (Dei miserentis.)"[27]) So der ein= undzwanzigjährige Servet.

Und diesem Glauben bleibt Servet bis an seinen Tod ge= treu. In der Schrift, die er einundzwanzig Jahr später heraus giebt,[28]) treffen wir dieselben Bekenntnisse, nur noch mehr in Ge=

betserfahrung getränkt, biblischer fortgebildet, tiefer erfaßt, unmittelbarer auf's Leben angewandt. Wo 1531 und 1532 nur „Heiland" stand, oder „Dein Heiland," da setzt er nunmehr „mein Heiland und Fürsprecher" oder „unser Heiland und getreuer Herr" u. dgl. Und manche neue Aussprüche seiner Herzensfrömmigkeit brechen da zu Blüthen und Früchten hervor.

In der „Wiederherstellung des Christenthums" lesen wir: „Mit all' der Inbrunst, deren ich fähig bin, habe ich von jenem Gesalbten, der allein uns zum Zeichen gesetzt ist, mir inständigst die Erkenntniß der Wahrheit von dem ewigen Gotteswort erbeten (cognitionem hujus veritatis instanter orans); auch einiges durch seine Gnade erlangt (aliquid per ipsius gratiam obtinui), obwohl ich nicht vollkommen bin noch es vollkommen ergriffen habe.[29]) Der lebendige Menschensohn Christus ist das Ziel der ganzen Bibel, auch des alten Bundes. Abgeschattet wurde er schon ehe er kam, in Menschen und andern Geschöpfen. Wenn du von Adam anhebst, Abel, Henoch und Noah und dann übergehst zu allen Patriarchen, Königen, Priestern und Propheten[30]), so wirst du in ihnen den Schatten Christi finden. Und nicht bloß in ihren Personen, auch in ihren Aemtern, wie der Hirt, der Ackersmann, der Weingärtner ein Schatten des wahren Hirten, des wahren Ackersmann's und Weingärtner's, Christi, war. Ja in den Früchten der Erde selbst, in den Thieren, in den Steinen, in den Perlen, in den Metallen, in den Schätzen, in den Quellen in den Flüssen, in den Brunnen, in dem Regen, in den Wolken, in den Donnern, in den Blitzen und Winden wurde das Geheimniß von Christo abgebildet (figurabatur.) In der Speise des Paradieses, im Manna, in der Ruthe Aaron's, in der hölzernen Stiftshütte, in der ehernen Schlange, in der Bundeslade, in den goldenen, silbernen und anderen Gefäßen, in dem Wasser gebenden Fels, in dem steinernen Tempel, in dem Eckstein; im Löwen, im Adler,

in der Turtel, in der Taube, im Kalbe, im Lamme und den übrigen
Dingen wurde Christus abgeschattet. Und alles was Christum ab-
schattete, das wurde auch in ihm erhalten. Er ist aller Dinge Anfang und Ende. In ihm ist das Muster, das Ideal und
die Fülle aller.³¹) Von keinem Nutzen sind uns Minerale
Thiere und Pflanzen zur Speise, Trank, Medicin, Körper-
schmuck oder Sinnenreiz, ohne daß sie in Christo abgeschattet
wären und ohne daß Er allein sie uns darreichte (et eos
solus ipse praestet.) Und solltest du das jetzt noch nicht
verstehen, so wirst du es hernachmals sehen im inwendigen
Menschen (in interno homine haec postea videbis³²). Vom
Sehen muß man übergehen zur Anbetung: denn die Anbetung
setzt das Schauen voraus · (adoratio visionem praesupponit:)
„Wer mich anbetet, der betet den Vater an, gleich wie wer mich
siehet, der siehet den Vater"³³). Im Geiste muß gesehen werden,
was im Geiste soll angebetet werden (videri debet spiritu,
quod spiritu adoratur). Vom Schatten muß aber die Wahrheit unterschieden werden. Darum sage ich, der Leib, die Seele,
der Tod, die Hölle, alle früheren Gerichtsstrafen, alle Einsichten,
alle Wissenschaften, was man sieht, hört, riecht, schmeckt, fühlt,
der Engel und der Teufel Dienste alle, sowie der Himmel, die
Erde, die Sonne, der Mond und alles Uebrige ist vorübergehend,
ist im Schatten vorübergegangen, die Wahrheit war darin nicht,
sondern nur jener großen bleibenden Wahrheit — Schatten.
In Christo allein ist die Wahrheit, die Ewigkeit, in ihm
allein die ganze Fülle und unser ganzes Heil. Er allein sei über
alles immer unser gebenedeiter Gott. Amen.³⁴)

Man sieht, der berühmte Arzt und Naturforscher, von neuem
immer richtet er auf Christum die Augen seines Geistes; lauscht
seinen Worten, die ihm bis in's innerste Herz dringen (viscera
penetrare) und umarmt den Gottes-Sohn mit reinem Busen.³⁵)

Denn angenehm ist es und lieblich für die Geistesmenschen, von Christo reden zu dürfen und Seine Geheimnisse tiefer zu ergründen. „Ihn zu erkennen, sagt er, strenge ich all' meine Kräfte an; ich sinne Tag' und Nächte, indem ich sein Erbarmen anflehe und der wahren Erkenntniß Offenbarung.[36]) Können wir doch nicht selber unser Herz erleuchten. Denn gleichwie jenes Licht des Weltall's, welches den Tag von der Nacht schied, in Einen Himmelskörper zusammengewachsen ist (in unum solare corpus concreta) und von ihm aus überfließt zu den andern, so ist jenes wesentliche Urlicht Gottes (primaria illa et substantiabilis Dei lux) in den einen Körper Jesu Christi gleichsam zusammengewachsen und strahlt von dort aus auf uns über. Und in dieser Ursonne hat auch die andere Sonne erst ihr Sein (habet esse) und behält ihre symbolische Bedeutung in den Dingen. Denn, wie wir sagen, daß in der Sonne das ursprüngliche Licht sei, und verschiedene niedrigere Lichtgrade in den verschiedenen Sternen: so ist es auch in Christo, damit er immer der erste sei und Aller Haupt.[37]) Denn der eine Christus spiegelt wieder in der einen Bildung Seines Leibes alles Göttliche und Menschliche;[38]) gleichwie auch alle übrigen Dinge in ihm eins sind. Gott und Mensch sind in Ihm eins. Himmel und Erde sind in ihm eins. Er ist der wahre allmächtige Schöpfer und der wahre Jehovah. Ihm allein, der mit Gott dem Vater in der Einheit des Wesens und des Geistes regiert, sei in Ewigkeit Ruhm, Reich und alle Gewalt. Amen."[39]) Es möchte wohl die ganze Voreingenommenheit des mittelalterlichen Standpunkts dazu gehören, um einem Beter, dem Christus Mensch, Gott, Jehovah, Centralmensch, Centrum des Weltalls, Urbild aller Dinge ist, absichtliche Lästerung und Verunglimpfung Jesu Christi vorzuwerfen.

Indeß an wem nun einmal seit drei Jahrhunderten der

Makel der Kezerei klebt, den ist man nicht so schnell geneigt, als Gotteskind aufzunehmen. Gründete doch Servet seinen Glauben nicht auf die Bischofsversammlungen noch auf die landläufigen Bekenntnisse der Kirche, sondern, ein Reichsunmittelbarer, auf Christi Selbstzeugnisse allein.

„Christus, sagt er, der geschichtliche Christus ist mir der einzige Evangelist (unicus evangelista). Christus selber predigte das Evangelium des Reiches; bis in den Tod verkündend, daß Er Gottes Sohn sei, und denen, die das glauben, alles Glück verheißend (fausta omnia annuntians.) Auf diesen Artikel ist er gestorben, daß Er Gottes Sohn sei.[40]) Und darum ist auch uns der Sohn Gottes alles und umfaßt (continet) in sich alles. Er gilt uns als unser Vater, Bruder, Herr und Freund (ipse est nobis pater, frater, dominus et amicus); Er ist unser Priester, Tempel, Altar und Opfer; Er ist unsere Rechtfertigung, Versöhnung und alles sonst.[41]) Auch könnten wir uns wundern, daß die Predigt von Jesu dem Gottessohne ehemals den Juden als ein Aergerniß und den Heiden als eine Thorheit erschien, wenn wir nicht sähen, daß noch heute solche, die sich für Christen halten, Anstoß daran nehmen und es für thöricht ausgeben. Ja daß dieser Mensch da der Sohn Gottes sei, das wollen sie weder hören noch glauben, sondern rufen mit Caiphas: „Er hat Gott gelästert. Kreuzige! Kreuzige!"[42]) Du aber lieber Leser, wenn du zur Liebe Jesu gelangt sein wirst, dann wahrhaftig! wirst du inniglich (penitus) an Christo hangen, von Ihm abhängen und in Ihm mit deinem ganzen Herzen getragen werden, dergestalt, daß weder Tod noch Schrecken dich können losreißen von Eurer gegenseitigen Liebe, gleichwie es dem wohl geübten Paulus erging. Röm. 8, 35—39. Die Liebe ist es, die euch in den Eingeweiden Christi (in visceribus Christi) niederlegt, erfüllt und vollendet (reponit, complet et perficit.) Schaue Christum an, der sich dir so hingiebt (exhibet), daß du ihn lieb haben könneſt, gleich als einen Freund und Bruder und deinen Verſühner in aller Schuld; der ſo dich liebt, daß es ihm eine Freude war, für dich in den Tod gehen zu dürfen. Ueber alles macht Dich mir liebens= würdig, oh guter Jeſus, der Kelch, den Du für mich getrunken haſt, das Werk meiner Verſöhnung. Groß iſt die Kraft dieſer Herzwahl (dilectionis) und Liebe (amoris:) welcher der Glaube den Weg bahnt (cui praevia ſides.[43]) Darum beten wir zum Vater in ſeinem Namen, weil Er in Chriſto unſer Vater geworden iſt; beten im Namen des Sohnes, den Gott für uns gegeben; beten im Namen des heiligen Geiſtes, den Er uns mitgetheilt hat. Aber die von der heiligen Schrift geſetzten Grenzen (limites positos) überſchreiten wir nicht."[44])

Es iſt nicht Art wiſſenſchaftlicher Schriftſteller, in ihre Werke Gebete einzuflechten. Auch will der Arzt Michael Servet keine Muſtergebete geben. Das eine Gebet des Herrn genügt ihm für alle Zeiten. Aber gerade wie er in ſeine mediciniſchen Werke bibliſche Auseinanderſetzungen einflicht, weil ſein Herz in der Bibel lebte, ſo durchwirkt er ſeine theologiſchen Werke mit Gebetsſeufzern: weil ſeine theologiſchen Studien von Ge= beten getragen waren. Was er ſchreibt, das ſchreibt er vor dem Herrn. Der ſteht neben ihm, und ſieht ihm zu. Der Schreibende ſitzt zu den Füßen des Meiſters und lauſcht auf ſeine Winke. Warum ſoll er nicht Den anreden, deſſen Gegenwart ihm gewiß iſt, ja ihn beſeelt mit Muth, wie ſie ihm Licht giebt und Kraft? Bei dieſem Manne iſt nichts Gemachtes in ſeiner Frömmigkeit, keine Kunſt und kein Heuchelweſen. Wie ſeine Lunge athmet, ſo betet ſeine Seele, weil ſie lebt. Hören wir nun, wie der Mann betet, den alle Reformatoren für einen Läſterer Gottes und Schänder der Ehre Chriſti ausgeſchrieen haben. Gleich die Vor=

rede (Prooemium) der „Wiederherstellung" schließt Servet mit folgenden Worten:[45]) „O Jesu Christe, Gottes Sohn, vom Himmel uns gegeben, der Du uns die aufgeschlossene Gottheit in Dir selber sichtbar offenbarst, ach! schließe Dich Deinem Knechte auf, auf daß jene so herrliche Offenbarung in Wirklichkeit mir erschlossen sei. Deinen guten Geist und Dein so wirksames Wort reiche jetzt dem Flehenden dar; meinen Geist und meine Feder lenke (mentem meam et calamum dirige), daß ich Deiner Gottheit Herrlichkeit zu verkündigen und dem wahren Ausdruck an Dich Ausdruck zu geben im Stande sei. Diese Sache ist ja die Deine (causa haec tua est), und will Deine Herrlichkeit vom Vater und die Deines Geist's entfalten; eine Sache, die durch göttlichen Antrieb sich mir zur Behandlung dargeboten hat (divino quodam impulsu tractanda sese mihi obtulit), da ich um Deine himmlische Wahrheit besorgt war (sollicitus.) Sie zu behandeln habe ich einstmals begonnen und jetzt von neuem werde ich gezwungen (cogor) sie zu behandeln, da erfüllt ist in Wahrheit die Zeit, wie ich es aus der Gewißheit der Sache selber und aus den offenbaren Zeichen der Zeit jetzo allen Frommen darthun will. Die Leuchte sollen wir ja nicht verbergen, das hast Du uns selbst gelehrt; darum wehe mir, wenn ich das Evangelium nicht verkündigte.[46]) Es ist eine allen Christen gemeinsame Angelegenheit, um die es sich hier handelt, eine Angelegenheit, der wir alle verpflichtet sind (cui omnes tenemur.) Es erübrigt noch, lieber Leser!" — so geht das Gebet wieder unmittelbar in die Abhandlung über — daß Du bis an's Ende für Christum freundlich gesinnt bleibst (ut te pro christo benevolum usque ad finem exhibeas) und die ganze Sache anhörst in der Rede der Wahrheit, (sermone veritatis), ungeziert und ohne alle Schminke (absque aliquo fuco).[47]) — Das Ende des ersten Buches „von dem Verderben

der Welt und ihrer Erneuerung durch Christum"⁴⁸) schließt mit
den Worten: „Darum bitten wir Dich, o Herr Jesu Christe,
um Dein Gottes Reich. Es regiere auf Erden Deine Wahr=
heit! Beschneide, oh Herr, unser Herz, daß wir nicht wieder von
der Schlange überwunden werden. Gieb Deinem Knechte, Deinem
Streiter, daß er gegen den teuflischen Schlangendrachen, (der die
Gewalt dem Thiere d. i. dem Pabste gegeben hat) mit Deiner
großen Gewalt männlich streite, und die nun folgenden — L II.
p. 411 sq. — Geheimnisse der Herzensbeschneidung also auf=
schließe, daß Dein Buch Allen aufgeschlossen sei. Denn Du
selber, der Du nicht lügen kannst, hast ja dem Daniel geoffenbaret,
daß die Bücher beider Testamente während des Bestehens des
römischen Reiches durch Zerstörung des Thieres aufgeschlossen
werden sollen, wie sie jetzt aufgeschlossen werden. Und daß dann
Dein Gerichtstag im Himmel sitzen und durch Deine streitenden
Diener das Horn des Antichrist's zerstört und Dein Reich für
Deine Heiligen hergestellt werden wird (restituatur)." —⁴⁹)
Und an einem andern Orte, nachdem Servet seine Ansicht von
der Verflüchtigung der Taufe durch Ertheilung an kleine,
des Glaubens unfähige Kinder⁵⁰) ausgesprochen, fährt er unmittel=
bar fort: „Oh allmächtiger Vater, Vater der Barmherzigkeit,
reiße doch uns Elenden heraus aus diesen Finsternissen des Todes,
durch den Namen Deines Sohnes, Jesu Christi, unseres Herrn.
Oh Sohn Gottes, Jesu Christe, der Du für uns gestorben bist,
auf daß wir nicht stürben, eile uns zur Hülfe, daß wir nicht
dennoch sterben.⁵¹) Das eine bitten wir Dich flehend, wie Du
uns selber gelehrt hast: Dein Name werde geheiligt, Dein Reich
komme, und Du selber, oh Herr, ach komm! In der Offen=
barung ruft Deine Braut, die Kirche, betend: Komm! Der Geist
Deiner Söhne ruft dort betend: Komm! Jeder, der das höret,
rufe, bete, sage mit Johannes: Komm! — Gewiß wirst Du

kommen, der Du gesagt hast: Ich komme bald. Offenb. 22.
Und den Antichrist wirst Du durch Deine Ankunft sicher zerstören
2 Theff. 2. Das geschehe! Amen. [52])

Noch bezeichnender fast, wie solche am Schluß der Haupt-
abschnitte seiner Werke sich gewissermaßen als Amen einfindende
Gebete, sind für das innere Glaubensleben des „Ketzers" die
unwillkührlich mitten in der Auseinandersetzung seinem
Herzen, gleichsam unbewußt, entströmenden Gebetsseufzer. „Oh
Jesu, Du Sohn Gottes, erbarme Dich doch jetzt unserer, daß
wir Dich erkennen als Gottes Sohn." [53]) „Der Herr Jesus
Christus wolle machen (faxit), daß dies alles bei uns einen glück-
lichen Ausgang gewinne." [54]) „Oh Christe Jesu, unser Herr-
Gott (domine deus noster), sei uns doch gegenwärtig, ach!
komm doch, sieh' darein und streite für uns (pugna pro nobis.)" [55])
„Nicht aus der Hölle erst werden wir auferstehen noch das
künftige Gericht fürchten, da wir schon jetzt mit dem ewigen Leben
begnadigt sind (aeterna vita jam donati.) [56]) Zu welchem uns
alle, das bitte ich (o utinam) führen möchte unser allermildester
Herr Jesus Christus, Gottes Sohn, dieses unseres ewigen Lebens
Urheber und Vollender. Amen." [57])

Indeß nicht bloß, wo er die Kirche baut: gerade so brünstig
betet Servet, wo er bitter wird und sein Eifer auflodert und er
das Vernunft- und Bibel-widrige, den Hexenspuk angreift und
wider die Belialskinder seine Blitze schleudert. Einige Beispiele
sahen wir oben. Zum Schluß noch eins. „Wer in Wahrheit
glaubt, sagt Servet, daß der Pabst der Antichrist sei, der muß
auch in Wahrheit glauben, daß die papistische Dreieinigkeit, die
papistische Kindertaufe und die andern papistischen Sacramente
Teufelslehren sind. Oh Jesu Christe, Gottes Sohn! Du allermildester Befreier, der Du so häufig das Volk aus Angst und
Nöthen befreit hast, ach! befreie Du uns Elenden aus der ba-

bylonischen Gefangenschaft des Antichrist's, aus seiner Heuchelei, Tyrannei und Abgötterei. Amen.⁵⁸)

Man sieht, Servet ist nicht der Gotteslästerer, den Calvin uns schildert. Wer aufmerksam den armen Verklagten angehört hat, der wird dem Philosophen E. Saisset recht geben, der, nachdem er Calvin's Bericht über Servet's Tod angeführt, also fortfährt: „Ich glaube nicht, daß der theologische Fanatismus jemals etwas so grausig Kaltes einem Menschen eingegeben hat, als diese Worte Calvin's. Was? würde ich zu Calvin sagen, du bist damit noch nicht zufrieden, daß du dem Servet das Leben genommen hast; du willst noch seinem Sterben das Siegel der Schande aufdrücken? Magst du immerhin Krieg geführt haben gegen seine Ideen; das kann ich verstehen, denn du hieltest sie für falsch. Daß du seine Schriften zerstörst, indem du sie für gefährlich ansiehst, immerhin! obwohl es genügt hätte, sie zu widerlegen. Daß du Hand anlegtest an seine Person, daß du einen geistigen Irrthum mit Hinrichtung bestraftest, das ist ein Attentat, für welches du die Verantwortung mit deinem Jahrhundert theilst. Aber nachdem du einen Unglücklichen geschlagen hast in seinen Ideen, in seinen Büchern, in seinem Lebensodem, nimm wenigstens seine Ehre in Acht. Beweise, daß das von ihm aufgestellte System absurd, verwegen, gottlos sei; aber sage nicht daß er lüge. — Diese aufrichtige Frömmigkeit, deren du deinen Feind berauben willst, weil sie das einzige Gut ist, das ihm bleibt, sie bricht hervor allüberall: in seinen Büchern, in denen nach Ablauf von zwanzig Jahren dieselbe Lehre wiedererscheint, nur feuriger noch und gefestigter; in seinen Briefen an Butzer und an Oecolampad, die er ermüdet und erzürnt hat mit seinen fortwährenden Fragen; in seinen Gerichtsverhören, wo er in den Formen seiner Anschauung bisweilen nachgebend, das Wesen ausdrücklich festhält; in seinem Appel an

die Schweizerkirchen, die er sich schmeichelt zu seinen Meinungen
zurückführen zu können; endlich in seiner unerschütterlichen Wei-
gerung das Geringste zu widerrufen, gerade so nach wie vor
der Fällung des Urtheils. Du willst in dieser Beständigkeit
nichts sehen, als den Eigensinn eines Stolzes, der sich weigert,
sich zu demüthigen. Doch wie? Hat Servet nicht eingewilligt,
vor dir sich beugen zu lassen jenen spanischen Stolz, den du
ihm zum Verbrechen rechnest? Hast du ihn nicht zu deinen
Füßen gesehen? Hat er dich nicht um Verzeihung gebeten?
Was kämpfte denn in ihm an, gegen deine und Farell's vereinte
Bitten, als ihr von ihm Abschwörung verlangtet, das Leben ihm
versprechend zum Lohn? War das auch noch Stolz? Augen-
scheinlich, nein, es war sein Gewissen und sein Glaube." [59])

Theologische Befangenheit hat nur zu oft die Herzen ver-
dorben und die Urtheile ungerecht gemacht. Die Bibellehre, sagt
sie, ist mit der Kirchenlehre eins. Weil nun Servet von der
Kirchenlehre weicht, ist er Ketzer; weil Ketzer irreligiös; weil
irreligiös unsittlich, weil unsittlich hohl und verwegen und wankelmüthig und charakterlos. Je höher man sich genöthigt sah, des
Spaniers geniale Naturanlage zu preisen, um so tiefer suchte
man seinen sittlichen Charakter in den Staub zu ziehen, ja
als Charakter ihn geradezu zu vernichten.

Unbefangene aber werden als charakterlos wohl nimmermehr einen Edelpagen schelten, der, da ihm an des Kaisers
Hofe alle Freuden und Ehren lächelten, auf alle Freuden und
den Hof des Kaisers verzichtete, um die Wahrheit erforschen zu
können. Oder ist charakterlos ein gelehrter Spanier, der der erste
Scholastiker seiner Nation hätte werden können, und nun alle
Scholastiker, durch die sein Witz so viel Ruhm geerntet, über
den Haufen wirft, weil er sie als Verführer erkennt und das
kirchliche Gebäude noch einmal anfängt von den Fundamenten?

Ist charakterlos ein aragonischer Jurist, der die Bibel auf den Schild erhebt, Jahrzehnte ehe ein anderer Landsmann es wagte, sich auf ein Bibelwort zu berufen? Ist charakterlos ein Jüngling, der es unternimmt gegen die gesammte nach-nicänische Kirche die echte Christuslehre von dem Menschen, der Gott wäre, eben weil er voller Mensch ist, dem Urtheil der Kirche zu unterbreiten,[60]) und für diese biblische Christuslehre als Mann lebt, leidet und stirbt. „Christe, Du Sohn des ewigen Gottes, erbarme Dich meiner!" so lautet sein erstes und letztes Gebet. Hätte er gebetet: Christe, Du ewiger Sohn Gottes, erbarme Dich meiner!" Calvin hätte ihn freigesprochen. Servet weiß das. Die Reformatoren haben es ihm unzählige Male vorgehalten. Allein er hält an seinem Glauben; denn seine Gebetsweise ist ihm die biblische; die Calvinische auf einen jenseitigen Sohn hinweisende, bibelwidrig. Darum stirbt er lieber, als daß er anders betet, wie es Gottes Wort vorschreibt. Ein überängstliches Gewissen mag das sein, aber charakterlos, nimmermehr.

Indeß wankelmüthig soll der Märtyrer gewesen sein. Vom Urtheil Calvin's beruft er sich auf das Urtheil der Schweizer-Kirchen. Und als der Wiener Kirchenrath den Servet vor sein Gericht zurückfordert, bittet Servet fußfällig die Genfer Richter, ihn doch in Genf zu lassen und nicht nach Vienne zu senden.[61]) Allein ist denn das wankelmüthig, Menschen kennen? Und hat die Geschichte nicht in großartigster Weise Servets Menschenkenntniß bestätigt, dahin daß die andern Schweizerkirchen milder, liberaler, evangelischer über die „Ketzer" dachten, als Calvin; und Calvin hinwiederum evangelischer als die katholischen Inquisitions-Tribunale? — Wankelmüthig soll es ferner sein, daß Servet in der Schweiz sich zur protestantischen, in Frankreich zur katholischen, und dann wieder in der Schweiz zur protestantischen Kirche hielt. Allein die Thatsache ist irrig. Servet hat sich nie zur

teftantifchen Kirche gehalten. Als Spanier war ihm die Einheit der Kirche viel zu lieb, als daß er je in die Zerreißung des
Leibes Chrifti gewilligt hätte. Auch nimmt er gleich in feinen
beiden erften Schriften, fobald er nur Farbe bekennt, eine Mittel-
ftellung ein, zwifchen den Lutheranern und den Mönchen.
Zu Taufenden gab es ja während des XVI. Jahrhunderts innerhalb
der katholifchen Kirche evangelifch Gefinnte die, ihrem myftifchen
Glauben getreu, die kirchlichen Handlungen fich biblifch aus-
deuteten und an der Reformation ihrer Kirche von innen arbeiten
halfen, ohne je einen Gefallen daran zu finden, durch Auftritt
die Kirchenfpaltung zu vergrößern. Infofern fie durch äußeren
Anfchluß an die geiftig umgedeuteten Ceremonien das blinde
Volk täufchten, erfcheint diefe Anbequemung an das Hergebrachte
allerdings als Sünde; [62]) aber mit Wankelmuth hatte fie nichts
zu thun. Bei den agents provocateurs des Calvinismus [63])
war die öffentliche Verfpottung der betenden Katholiken zum
Princip erhoben. Servet's Princip ftand höher. Die chriftliche
Demuth, ihrer reineren Erkenntniß fich bewußt, fchonte gerne
der Schwachen, indem fie für das praktifche Leben das Alte fo
lange duldete und hinnahm, bis das Neue fertig ausgeftattet
war. — Wankelmüthig foll es ferner fein, daß Michael Servet
erft die Rechte ftudirt hat, dann Gottesgelehrtheit, darauf Erdkunde, [64]) dann Mathematik, Sternkunde und Sterndeuterei, dann
Medicin, [65]) dann Weltweisheit, Naturwiffenfchaft und wieder
Gottesgelehrheit. Ift diefer Vorwurf ernft gemeint, dann find
die genialften und beften Männer jener Zeiten Mirandula, Reuchlin
Faber Stapulenfis, Capito, Melanchthon, Beza Wankelmüthige.
Und wer Servet genauer kennt, der weiß, was Servet auch treiben
mochte, feit feiner Bibelfindung in Touloufe bis an feinen Tod
blieb er immer nur das eine: Bibelftudent (étudieux de la
Ste. écriture). Und dabei wußte er von Anfang, daß er in

seinem barbarischen Jahrhundert um seiner freien gewissenhaften Bibelstudien willen würde sterben müssen. Gleich im ersten Briefe, den wir von Servet haben, noch ehe er irgend etwas hat drucken lassen, schreibt er an Oecolampad, dieser lege ihm die Meinung bei, daß kein Räuber noch Missethäter dürfe bestraft und getödtet werden; er rufe Gott zum Zeugen, daß er jene Meinung durchaus verabscheue. Aber was ich einstmals gesagt, ist dies, daß es mir hart erscheint, die Menschen darum zu tödten, weil sie in irgend einer Frage über das Verständniß der Bibel irren."[66]) So Servet 1530. Um 1546 in einem Brief an Calvin's Freund Abel Pepin, schreibt er: „Es folgt der Kampf, und die Zeit ist nahe. Den Sieg, wer wird den davon tragen über das Thier der Offenbarung? Die Schrift sagt: Die sein Zeichen nicht angenommen haben. [Sein Zeichen ist die Schullehre von der Dreieinigkeit. Daß [mir wegen dieser Sache die Todesstrafe bevorsteht, das weiß ich gewiß. Aber darum laß ich den Muth nicht sinken. Möchte ich doch gern als Jünger ähnlich werden meinem Meister.[67]) Michael Servet schaute dem Tode in's Angesicht während seiner ganzen theologischen Laufbahn. Wäre er wankelmüthig gewesen, er hätte sich beschränken können auf eines jener andern Fächer, in denen er so Großes geleistet hat. Warum blieb er bei der Bibel und starb für die Bibel?[68]) Weil er ein Mann war, nicht jener launenhafte Knabe, von dem seine Hasser fabeln: wankelmüthiger als er selbst.[69])

Indeß dieselben Gegner, die ihn wie einen übermüthigen launenhaften Buben verlachen, die zeihen ihn doch wieder der Hartnäckigkeit. Und in der That, ein richtiger „Ketzer" muß ein hochmüthiger, streitsüchtiger, eigensinniger Trotzkopf sein, der sich von Niemand belehren lassen will. War das Servet? Wenn wir Servet neben die Reformatoren halten, so bestanden sie alle

hartnäckiger auf dem Buchstaben ihrer Meinung. „Ueber Aus-
drücke ängstlich mich herumzuftreiten, das ist nicht m e i n Sinn:
mag einer das so nennen oder anders; auf diese Weise eintheilen
oder auf jene. Nur auf die Sache kommt es mir an. Die aber
verhält sich so wie ich gesagt."[70]). Servet war so wenig un-
gelehrig, daß sich noch heute nachweisen läßt, welchen theologischen
und medicinischen Lehrern er sich jedesmal angeschlossen habe,
und welche Lehren er von Luther angenommen, welche von
Melanchthon, Oecolampad, Butzer, Capito u. s. f. Sobald ihm
in der Unterredung mit andern Reformatoren seine frühere Bibel-
erklärung als unzureichend sich erweist, geht er dankbar auf die
neuen Gesichtspunkte ein. So schließt er sich mit jedem Jahre mehr
den durch ihr Alter heilig gewordenen Lehrformen der Kirche an;
nur die mit der Bibel völlig unvereinbaren Dogmen weist Servet
auch zuletzt noch, ja mit wachsender Entrüstung von sich ab.

Wie wenig streitsüchtig aber Servet war, zeigt die Weise,
wie er im Streit verfährt. Wo er wen öffentlich angreift, läßt
er die Personen aus dem Spiel und hält sich an·die Sache.
Von dieser Regel giebt es bis 1552 nur drei Ausnahmen: bei
Luther, Fuchs, Manard. Im Jahre 1532 nennt er mit Namen
Luther da, wo er gegen ihn auftreten muß, aber nicht ohne zuvor Luthers Glauben bis über die Sterne erhoben zu haben;
1536 nennt er den Arzt Leonhard Fuchs, wo er ihn bekämpft,
aber nur weil Fuchs den alten würdigen Champier,[71]) Servet's
Lehrer, auf so unwürdige Weise öffentlich durchgehechelt hat;
1537 nennt er den Arzt Johann Manard, wo er ihm entgegen-
tritt, doch nicht ohne ausdrücklich die Bemerkung hinzuzufügen:
„Wie gerne hätte ich seines Namens verschont, wenn
Hoffnung gewesen wäre, daß er im Stande sei, d a s
Seine zu verbessern. Denn unter dieser Bedingung

pflege ich der Lebenden zu schonen: nicht etwa weil ich den Kampf gegen sie scheute."[72]

Servet zürnte dem Gegner nicht. „Kann ich doch vom Feinde, wo er die Wahrheit bekennt (z. B. Muhamed) mehr lernen," sagt Servet, „als von hundert Lügen der Unsern." Darum ersucht er seine Gegner, auch mit seinem Namen schonend umzugehen.[73] Weil er Oecolampad's, Butzer's, Melanchthon's, Calvin's Namen verschont, hofft er ein Gleiches. Oecolampad's Schmähbriefe gegen ihn werden mit Nennung seines Namens veröffentlicht. — Butzer zerreißt Servet's Ehre in Stücke, — von der Kanzel und in seinen oberländischen Rundschreiben. Melanchthon in den neuen Ausgaben seines Schriftbeweises (1535 seq.) häuft mit wachsender Erbitterung Schmähwort auf Schmähwort gegen den spanischen „Neuerer". Und Calvin in seinem Hauptwerke brandmarkt den „Ketzer" mit dem Kainszeichen, und giebt seinen Namen der Verachtung der Nachwelt preis, nachdem er seine Person hat zu Asche verbrennen lassen. Was Wunder, daß da endlich Servet in seiner „Wiederherstellung des Christenthums" auch seine Hauptgegner, Calvin und Melanchthon mit Namen nennt und sie kräftig zurückweist (1553)? — Welcher ehrgeizige und streitsüchtige Mensch sendet, wie Servet wiederholt gethan, seine Angriffe Jahre lang vorher, ehe er sie drucken läßt, handschriftlich seinen Gegnern zu, wenn er ihnen nicht als Mitarbeitern und Freunden vertraut, und sich, wie Servet vor Gericht bekennt, belehren lassen wollte und beitragen an seinem Theil zur Steuer der Wahrheit? Daß der Aragonier, durch sein übergroßes Vertrauen zu Männern, wie Calvin und Abel Pepin, die ihm seine Handschriften dann zurückbehielten[74] und sie den katholischen Inquisitoren übermittelten, nicht nur wissenschaftlich aufgehalten und geschädigt wurde, sondern auch an Leib und Leben bedroht, wem bringt das Schande? Sicher

dem Spanier nicht, der, ob er gleich selber bei katholischen Macht-
habern nicht geringen Ansehens genoß, doch niemals seinen Feinden mit gleicher Schädigung vergolten oder auch nur den Calvinischen Spionen eigene Spione gegenüber gestellt hat. Seine
noble spanische Kampfweise verbot es ihm, durch Anschwärzung
fremder Namen seines Namens Glanz zu erhöhen. Von allem
herostratischen Ehrgeiz war seine Seele frei.

Aber darum wußte er doch, daß es eine Ehre sei, der Wahrheit zu dienen und eine Pflicht, mit dem empfangenen Pfunde
zu wuchern, „auf daß alles Gott zum Ruhme gereiche". Es fiel
ihm nicht ein, sein Licht unter den Scheffel stellen zu wollen,
etwa aus Furcht vor Menschen oder aus Todesfurcht. Allein,
wenn ein Mann, dessen geistige Begabung heute selbst seine ent-
schiedensten Widersacher der der größten Männern seines großen
Jahrhunderts an die Seite stellen, sein Lebenswerk, an dem er
21 Jahre gearbeitet, nicht eher herausgiebt, als in seinem Todesjahre und dann noch ohne Namen: [75]) so kann man solch' einen
Menschen nicht ehrgeizig nennen. Oder ist etwa das ehrgeizig
im bösen Sinn, wenn, nachdem man (1534) bei medicinischen
Studien in Paris eine so weittragende E n t d e c k u n g wie die
d e s B l u t u m l a u f s [76]) gemacht, keine Vorlesungen darüber
hält, keine Bücher darüber schreibt, sondern nach 19 Jahren, zur
Steuer der Wahrheit, seine medicinische Entdeckung g e l e g e n t -
l i c h u n d w i e z u f ä l l i g in einem namenlosen theologischen
Werke veröffentlicht? Ist das ehrgeizig, wenn man mit dem
wunderbaren Sprachtalent, wie Servet, begabt; der spanischen,
italienischen, französischen Sprache mächtig, des Latein, Griechisch,
Hebräisch zu geschweigen, unerschrocken stets und seines Geistes
gewärtig, getragen von dem prophetischen Hochgefühl, das ihm
seine heilige Sache einflößte, niemals, nicht in Spanien, nicht
Italien, nicht in Frankreich es unternimmt, seiner Begeisterung

freien Lauf zu lassen in einer Rede an das Volk oder sie umzu-
setzen in eine That des öffentlichen Markts? Solche großartige
Volksscenen, wie wir sie in dem Leben Zwingli's, Luther's, Farell's, Calvin's nicht wenige treffen; Scenen, welche diese Männer bis in die Wolken erhoben und ihren Ruf durch alle Lande
trugen, wir finden sie auch nicht annähernd in dem stillen ver-
borgenen, wissenschaftlichen Leben Servet's. Mit den Wie-
dertäufern oft zusammengeworfen, hat Servet ihren Aufruhr
theoretisch und praktisch gerade so entschieden verdammt, [77]) wie
er der Zwinglianer Bilderstürmerei verdammte oder der Calvini-
sten Herausforderungen oder der Römlinge Blutaltäre. Immer
nur wirkend für die Gemeinverständlichkeit des christlichen Glaubens, bei seinen Werken die Einsicht der Kinder,
der alten Weiber von der Gasse, der schieläugigen Bänkelsänger
und Barbiere berücksichtigend (vetulae, lippi, tonsores); noch in
seinem Kerker zu Vienne die einfachsten Leute als Arzt gerne
umsonst bedienend; durch seine phantasievolle Auffassung und
allegorienreiche Sprache dem gemeinen Manne gar wohl verständ-
lich, hat er sich doch nie mit dem Volke gemein gemacht; noch, um die
Gunst der Masse zu gewinnen, auf seine spanische Vornehmheit
verzichtet. Schon in seiner ersten Schrift stellt sich der Edelpage
des kaiserlichen Beichtvaters [78]) der Menge gegenüber. „Jene
Vergleiche", sagt er (1531), „die ich soeben brauchte, mögen dir
vielleicht etwas crass erscheinen. Aber wundere dich darüber nicht.
Die Schwächeren muß man mit Milch tränken".[79]) Und im
Todesjahre 1553 erklärt Servet [80]): „Gleich wie einstmals die
jüdische Volksmenge diejenigen Propheten, welche vom Reiche
Christi erhabenere Anschauungen hatten (sublimiora videbant),
gleich wie Wüthende (furiosos) und Unsinnige (insanos) behan-
delte: so macht es heute gerade noch die Menge allüberall
(vulgus universum). Und so geschieht es immer, daß, die vor

allem auf Christum blicken (qui Christum prae aliis vident),
das Kreuz erbulden müssen und die Verfolgungen." Servet sah, wie die große Masse der Gelehrten (vulgus) blindlings
ihren Vorbetern folgte; wie die Mehrzahl selbst der protestantischen Prediger und Professoren, die seine Werke nie gesehen, geschweige gelesen hatten, sie unverhört verdammten; er gewahrte,
wie unwissenschaftlich selbst die Häupter verfuhren, ein Paul
Speratus, der da drucken läßt (1534), daß „alles, wie es im
neuen Testament geordnet ist, und nicht anders, eben mit solchen
Buchstaben und Worten, mit derselben Feder und Tinte zuvor
im alten Testament müsse geschrieben sein"; [81]) ein Luther, der
den Jacobus-Brief darum für unecht und eines Apostels unwürdig hält, wie Jacobus über Glauben und Werke das Widerspiel
lehre von Paulus; ein Melanchthon, der bei Abraham, Moses,
Hiob, David dieselbe Lehre von der Unsterblichkeit des Menschen,
von der Dreieinigkeit, von der Rechtfertigung, von der Kirche
findet als bei Christo und St. Athanasius, und von Dogmenge-
schichte ebenso wenig eine Ahnung hat wie von biblischer Theologie; ein Calvin, der es wagt, den Mann, der die **Göttlich-
keit des Menschen** [82]) am Beispiel Christi beweist und durch alle
seine Schriften Christum darstellt als den, der auch leiblich das
ganze Wesen und die ganze Natur Gottes (totam essentiam et
totam Dei naturam) in sich habe, zu solch' einem Ketzer zu
brandmarken, welcher allen Sinn für das Göttliche aus dem
Gedächtniß der Menschen vertilgen will [83]) und Christo die
Menschheit rauben. [84])

Angesichts so trüber Erfahrungen, war es da dem Servet
zu verdenken, daß er sich mit jedem Jahre mehr zurückzog aus
dem Gewühl der Menge, die ihn verkannte? Erhaben über den
Parteien, seine Lehre als Geheimlehre behandelnd, sah er bald
dem Kampfgewühle zu, um, wo er gefragt wurde, vornehm als

Schiedsrichter zu entscheiden; bald, abgeschieden von den unbequemen Freunden und gehässigen Feinden, ließ er sich dicht an der Seite der Engel und der andern Himmelsbürger nieder, um als Prophet Gottes gegen die entflammte Hölle zu streiten. Finden wir doch in dem merkwürdigen Manne vereint jene friedliche Seelenruhe, wissenschaftliche Unbefangenheit und parteilose Beobachtung, die er seiner grammatisch-kritischen Auslegung, [85]) seinem Geschichtssinn [86]) und seinem finnigen Naturverständniß verdankt; andererseits jene über Sterne, Sonnen und Welten sich hinwegsetzende, vom Himmel aus unmittelbar durchgreifende, gluthige, aber auch verzehrende Begeisterung. Nun hatte der spanische Arzt Menschenkenntniß, Seelenerfahrung und praktischen Scharfblick genug, um zu wissen, daß für einen Ehrgeizigen beide Rollen gleich unglücklich gewählt waren, die eines über den Parteien thronenden Schiedsrichters, den Niemand anerkennt, wie die eines aus den Wolken sprechenden Propheten, den Niemand hören will. Aber Servet denkt nicht an Ehre und Vortheil, sondern an den Sieg der Wahrheit. Ein an Vortheil und Ehre denkender verschmitzter Schlaukopf, wie die Gegner den Spanier schildern, der mußte überzeugt sein, daß er durch Absprechen und Dazwischentreten sein Ziel nicht erreichen könne Servet aber tritt an die Mediciner mit den Worten: „In dieser streitigen Sache haben nach meinem Dafürhalten keiner von beiden Theilen das Wesen selbst getroffen. Nicht daß ich mich für so bedeutend hielte, um mich gleichsam als Schiedsrichter über jene Streitfrage in der Mitte niederzulassen; oder gewillt wäre, mich durch beider Theile Verdammung die Feindschaft aller mir zuzuziehen. Allein um Niemand das, was ich umsonst empfangen, vorzuenthalten, noch auch das, was den Sterblichen frommt, zu unterdrücken: so will ich das jetzt ins Mittel setzen, von dem ich meine, daß es der Wahrheit näher kommt." [87]) Und den

Theologen sagt er zur Letze: „Es erhellt, daß ich weder mit jenen noch mit diesen in Allem übereinstimme noch auch uneinig bin. Alle scheinen mir einen Theil der Wahrheit zu haben und einen Theil des Irrthums, und jeder blickt auf des Andern Irrthum verächtlich herab: seinen eigenen aber sieht Niemand". [88]) Um der Wahrheit willen opfert der Spanier Freundschaft, Ehre, Einfluß, Vortheil und Glück.

Indeß nicht der Schiedsrichter hat den Scheiterhaufen bestiegen, sondern der Prophet. Der Schauer einer Zukunftswelt ist es, den die Mitwelt verbrennt. Servet's Charakterbild kann nicht verstanden werden ohne diesen markanten prophetischen Zug. Sein prophetisches Bewußtsein müssen wir deshalb etwas näher beleuchten.

Schon oben haben wir gesehen, daß seiner reichen südlichen Phantasie die Vergangenheit in lebendige Gegenwart sich verwandelt. Den geschichtlichen Christus, dort sieht er ihn vor sich stehen. Unverwandt hält er auf ihn den Blick. Es tönen, dröhnen seine Worte ihm durch die Eingeweide. Unwiderstehlich tritt er dem Heiland näher und näher: jetzt hat er ihn in seine Arme gefaßt und ruht aus an seinem Herzen mit reinem Busen und durch des Leibes Augen werden die Augen des Geistes nachgezogen: er hat Gott geschaut und er betet ihn an. Und Gott glauben noch ihn anbeten kann Niemand anders als dort in Christo: ebensowenig wie außerhalb Christo', sagt Servet, der Jude oder der Saracene den wahren Gott schauen oder anbeten kann. Ich aber, im selben Augenblick, wo ich meine Augen aufhebe [89]), sehe ich mit dem Schauer Johannes jenes Geheimwort, wie es aus der Ewigkeit zu uns kommt; ich sehe mit dem Seher Daniel Jesum Christum auf den Wolken des Himmels niedersteigen; ich sehe, wie Er daherfährt auf dem vierrädrigen Wagen des Hesekiel und unter den Myrthen des Zacharia, und

568)

und wie er dort sitzt auf dem Throne des Jesajas. Und da
diese Erscheinungen, die nun vergangen sind, ein Kunstgebilde
der göttlichen Weisheit waren, so nöthigt mich die Schrift zu
sagen, daß das ewige Wort darinnen gegenwärtig war.[90]
„Denn Ich selber, der ich rede, siehe da bin ich" Jes. 52. Eben
jener, den du dort mit den Händen betastest: jenes göttliche
Bildniß, jetzt ein wirklicher Leib, — denn du siehst ihn reden,
handeln, leiden den geschichtlichen Menschen Jesus von Na-
zareth, es war einst eben dasselbe, was Gott ist, und nun ist
es eben dasselbe, was der Mensch ist, und als Mensch bleibt
es Gott und als Gott bleibt es Mensch und bleibt in Gott
wie zuvor.[91] — Solche Augenblicke göttlicher Seherschaft
wie sie dem Servet wurden, wenn er in der Schrift
las, die Augen auf das Ziel gerichtet, (scripturae scopus
est Christus), wenn er betend seine Gedanken niederschrieb,
und mit dem Himmelsschlüssel (clavis est Christus) un-
abläßig an die Reichspforten schlug (sine missione pulsando),
bis sie ihm sich öffneten: solche Augenblicke der Entzückung
schrieb dann Servet nicht sich selber zu, sondern Gott dem Herrn.
„Denn, sagt er mit Luther 1531, der Geist des Menschen wird
immerdar in Besitz genommen, entweder vom Gottesgeist,
oder vom Teufelsgeist, und über den Menschengeist entspinnt
sich ein Kampf der höheren Gewalten (super hoc contingit digladiatio): denn selbst dann, wo wir vom bösen Geist hin und
her bewegt werden, mahnt uns dennoch bisweilen der Gottesgeist[92]. Und aus der Vergangenheit in die Zukunft ist für
den Propheten nur ein Schritt. Er schaut in Gott alles gegenwärtig: denn er schaut in die Ewigkeit. Und solltest Du, frommer Leser, bei solchen Gesichten nicht immer folgen können und
und die Weise der Zeugung Jesu und die Fülle seiner Gottheit
heit (divinitatis ejus plenitudinem) mit Deinem Verstande nicht

erreichen, dann glaube nur fest, daß Jesus der Christus-Messias
ist, den Gott dir gezeugt als Deinen Heiland (crede semper
eum esse Messiam a Deo genitum salvatorem tuum.) —
Das allein (unice) mußt Du glauben, um in Christo zu leben.
Ich aber, sagt der spanische Seher, habe mit all' der Inbrunst,
deren ich fähig war, die Erkenntniß dieser Wahrheit inständigst
(instanter) mir erbeten von jenem hohen Gesalbten, der allein
uns zum Zeichen gesetzt ist; und habe ein Stück von jener Erkenntniß (aliquid) durch seine Gnade erhalten, obwohl ich weder
vollkommen bin, noch es vollkommen ergriffen habe⁹³). Doch
Paulus selber hatte es ja nicht vollkommen ergriffen. Denn es
handelt sich hier zweifellos um das größte Geheimniß der Frömmigkeit, ein Stück Ewigkeit: um die geheime Gottes-Offenba-
rung von den Jahrhunderten her (manifestationem divinam a
saeculis:⁹⁴) die selbst in der Apostel Zeiten nicht völlig kund gethan noch überhaupt der großen Menge je unbesonnen anver-
traut worden war⁹⁵). Johannes, der Apostel schon war durch
mannigfache Bitten der Gläubigen ersucht und auf der andern
Seite durch Ebion und Cerinth zum Reden gedrängt worden,
als endlich nach vielem Fasten und Beten er jenen gewaltigen
Ausspruch that: „Im Anfang war das Wort." Es ge-
nügte damals (sat erat) zum Heile, zu glauben, daß Jesus jener
Gesalbte, der Messias sei, und als Messias Gottes Sohn, der
Heiland (esse Messiam filium Dei Salvatorem). Durch das
Vertrauen (fiducia) auf diesen Messias allein wurde das rohe
Volk gerechtfertigt, obwohl es die Gottheit Christi nicht
recht verstand (quamvis Christi divinitatem non plene cog-
nosceret). Da nun die Lehre von Christi Gottheit nur We-
nigen bekannt war (a paucis sciretur) und damals Mangel an
christlichen Schriftstellern herrschte (scriptorum penuria) und
Unkenntniß der heiligen Sprache (linguae sanctae imperitia)

hinzukam, so ging nur zu bald die wahre Ueberliefe-
rung unter (mox periit vera traditio) und die Spekulanten
über das Jenseits [96]) stürzten sich in die Christenheit und
zerrissen uns Gott den Herrn." Jetzt aber werden wir den
vorher nie geschauten Gott mit frei enthülltem Angesichte sehen
und werden es schauen, wie in uns selber seine Klarheit wiederstrahlt. [97]) Die volle Offenbarung freilich und der Wahrheit
entscheidender Sieg trifft, sagt Servet, erst in das Jahr 1585.
Denn nach Offenbarung Johannis 12, v. 6 bleibt die Kirche in
der Wüste nach ihrer Flucht volle 1260 Tage, will sagen pro-
phetisch 1260 Jahre. Die Flucht der Kirche aber begann (325)
mit der Synode von Nicaea, wo der Kaiser Mönch, der Bischof
König, [98]) Gott der Herr aber in drei Stücke zerspalten wurde [99]).
Seitdem gilt es Kampf wider den Drachen, den Pabst;
und in unserer Zeit ist er heller denn je entbrannt, und in diesem Kampfe streiten (nach Apoc. 12, v. 7.) auf der Seite
Michael's seine Engel, und der Drache wird hinausgeworfen. —
Es ist [100]) bekannt, wie der Sohn des XVI. Jahrhunderts, auf
die Zahlen der Offenbarung Johannis pochend und von seiner
Vorliebe für Sterndeuterei getragen, sich das tausendjährige Reich
ausmalte, und in dem Michael der Offenbarung 12, 7 sich selber
abgespiegelt sah, den Michael Servet. Das war die Art der
Zeit. Alle Reformatoren mehr oder minder haben es mit dem
Weltende und der bevorstehenden Wiederkunft Christi und dem
tausendjährigen Reich zu thun; und wie Luther im Jahre 1522
erklärte: „Ich bin der Deutschen Prophet" so haben alle in
ihrem Leben Stunden gekannt, wo sie sich als unmittelbare
Heilsorgane der Wahrheit ansahen, durch die Gott selber zu
der Menschheit redet, und deren Beleidigung todeswürdige Got-
tesläfterung ist. Je mehr nun „in dieser letzten, betrübten Zeit"
Zwingli, Oecolampad, Butzer, Calvin, Luther und Melanchthon

auf solch eine hervorragende Prophetenstellung für Gottes Reichs-
sache Anspruch machten, um so mehr empört es den Servet,
wenn eben jene Männer seinen Zusammenhang mit Gott für
Wahnsinn, seine Gottergebung für satanische Besessenheit aus-
schrieen. „Fanatische Wuthausbrüche, Melanchthon, schiltst Du
öffentlich jene göttlichen Reden von Christi Himmelstaufe und
verspottest sie schamlos (impudenter.) Der heilige Geist
wird von Dir und Deinen ungeistlichen Freunden für unsinnige
Wuth ausgegeben" [101]). Servet läßt sich deshalb in seiner Ueberzeugung, daß er ein Prophet Gottes sei, ein Mund der Wahrheit, nicht irre machen, und schließt sein Buch „von der Wiederherstellung des Christenthums" mit den Worten: „Was auch
immer die Engel jemals erkannt haben mögen, das haben sie
von Christo empfangen, gleichwie auch wir (angeli ... sicut et
nos.) Gebenedeit darum sei Er, gebenedeit von Jahrhundert
zu Jahrhundert, der seine eigene (von uns über seine Person
mitgetheilte) Weisheit uns selber in's Herz gegossen (infundens)
und uns zu erkennen gegeben hat (hanc de se nobis cognitionem dedit.) Gebenedeit seien in Ihm, die in Wahrheit glauben, daß Er Gottes Sohn sei, der von Ewigkeit in
Gott wiederstrahlt (filium Dei ab aeterno in Deo relucen-
tem) und in Ewigkeit regiert. Amen. Amen." [102])

So der spanische Prophet. Er hat sich mehrfach verrechnet,
wie das den Zukunftsschauern zu gehen pflegt. Aber wer will sagen,
daß er ein Lügenprophet gewesen sei? Wer Servet's Lehrent-
wickelung unbefangen verfolgt, der wird von seiner letzten Lehr-
form eher behaupten, daß sie mit dem Aberglauben seiner Zeit
versetzt, als daß sie von Unglauben getragen gewesen ist. Er
hat geirrt: aber gestrebt hat er nach der Wahrheit mit aufrich-
tigem, lauteren Herzen. Darum sind in unserem Jahrhundert
viele der Gegner Servet's von dem Vorwurf der muthwilligen

Gotteslästerung und der Teufelei abgestanden. Da sie nun aber um jeden Preis ihn dennoch zum Ketzer stempeln wollten, um der Kirche zu dienen, so haben sie es unternommen, den geistvollen Spanier als einen unsittlichen gemeinen Menschen zu brandmarken.

Faßt man unsittlich als unmoralisch überhaupt, d. h. selbstisch, eigennützig, so ist darauf zur Genüge geantwortet worden. Servet ist nichts weniger als selbstisch. Zum Märtyrer geboren, vergißt er, der Arzt nur zu oft, daß es auch seine Pflicht ist, Leib und Leben sich zu schonen.

Versteht man unter unsittlich geschlechtlich=gemein, dann bricht diesem Vorwurf die Spitze ab ein körperliches Gebrechen, das weder zu Servet's Lebzeit, geschweige nachher, hat in Zweifel gezogen werden können[103]). Indeß aus dem katholisch freien Vienne kommend, ahnte Servet nicht, daß er in Genf der bestbelauerte Mann seines Jahrhunderts war. Wenn er trotz dessen in der so streng für Kirchenzucht zugeschnittenen Stadt, wo jeder Koch und jede Schankwirthin zu Calvin's Spionen gehörten, nur einer einzigen zweideutigen Redensart, die noch dazu sein Gebrechen bemänteln sollte,[104]) geziehen werden konnte, so mußte Servet, für einen vielgereisten Arzt des üppigen sechszehnten Jahrhunderts, auch in seinen Scherzworten merkwürdig rein gewesen sein. Was endlich jenen Heirathsantrag betrifft, den er in Charlieu gemacht[105]), so muß sich dabei nichts Unehrenhaftes herausgestellt haben. Sonst hätten die Männer, die bei Servet so überaus scharfsinnig nach Verbrechen suchten, es ihrem langen Anklageregister eingefügt: was nicht geschah.

Es erübrigt die unparteiische Antwort auf einen Vorwurf, der fast allgemein gegen des Spaniers sittlichen Charakter geschleudert wird. Das ist der Vorwurf frecher, schamloser Lüge, beziehentlich Meineid.

Diese letzte Anklage, von wem geht sie aus? Von Theologen. Unsere evangelischen Berichte von Jesu haben für Theologen keine geringere Glaubwürdigkeit, als die eidlichen Gerichtsverhandlungen etwa in dem calvinischen Genf. Wer sich nun aber mit Vereinbarung der vier Evangelien wissenschaftlich beschäftigt hat, der wird zugeben, daß noch keineswegs einer, zwei, drei oder gar alle vier Evangelisten Lügner gewesen sind, weil sie in Orts-, Zeit- und andern Fragen sich unter einander oder sich selber widersprechen. Und hat man durch die Akten selbst zahlreiche Criminal-Prozesse aus dem Jahrhundert Macchiavelli's kennen gelernt, dann wird man fast in jedem Prozesse offenbare Widersprüche der hochstehendsten, unbescholtensten und glaubwürdigsten Zeugen anführen können, ohne daß es einem einfallen wird, die gedachten Zeugen absichtlicher Entstellung der Wahrheit, der Lüge oder des Meineids zu bezüchtigen. Und nun erst die Angeklagten selber! Ich will kein Gewicht darauf legen, wie leicht die bei Verhören damals übliche Folter, der Kerker feuchte Kälte, Finsterniß und namenlose Unsauberkeit dem Gefangenen das Gedächtniß trüben und den Sinn verwirren konnte. Aber ich erinnere daran, daß in dem neueren Strafprozeß es zum ABC gehört, zur Selbstanklage dürfe Niemand gezwungen werden. Und wie nun? wenn die vermeintlichen Lügen und Meineide Servets nichts als leere Erfindungen feindlicher Richter und Berichterstatter sind, über deren Unkenntniß von Servet's Leben und Denken die neuere Forschung zur Tagesordnung übergeht? Indeß, wie dem auch sein mag, wenn wir nur auf sicheren Beweis hin Servet der Lüge zeihen dürfen, nicht aber auf die Unterstellungen jener Ketzerrichter, denen so unendlich viel daran gelegen war, daß er gelogen haben möchte: dann müssen wir über Servet urtheilen, wie Servet über seinen Wiener Drucker: „ein

Ehrenmann, der nichts anderes sagen will, als die Wahrheit."[106] — — —

So haben uns Servet's etzene Worte und Thaten zu einem selbstständigen Urtheil über seinen Charakter geführt; einem Urtheil, das beide in ihrer Hoheit beläßt, den Genfer Moses und den Wiener Elias. Es war Calvin's Schuld, der frömmste Sohn seiner Zeit zu sein. Es war Servet's Schuld, über sein Jahrhundert hinauszueilen. Und sind es Ketzer, die am Alten kleben, nachdem die Kirche ihre eigene Vergangenheit glücklich überwunden hat, so ist's ein Ketzer in einem andern Sinne, der die Glaubensfundamente seiner Zeit erschüttert, um aus neuen festeren Quadern einen Zukunftsbau zu errichten. Solch ein „Ketzer" war Michael Servet: für sein Jahrhundert gemeingefährlich. Und um sein Jahrhundert vor des Spaniers grundstürzenden Lehren zu retten, hat ihn Calvin verbrannt. Darum hat sein Jahrhundert Calvin Glück gewünscht zu seiner muthigen, edlen, frommen That.

Servet gehört dem XIX. Jahrhundert. Darum fassen wir zum Schluß des Mannes Charakterbild in wenigen Zügen zusammen.

Spanier, Edelmann, aus altchristlichem Juristengeschlecht, unter Maurenmorden und Judenverfolgungen groß geworden, durch die Inquisition für ewig der Toleranz gewonnen, zu freierem Denken vom Fürstenerzieher Aragonens geschult, vom Beichtvater Karl V. in allen Uebungen der Frömmigkeit ausgebildet, an des Kaisers Hof während des Krönungszuges durch Italien mit aller Kunst und Herrlichkeit der Welt bekannt gemacht, kennt er kein größeres Ereigniß in seinem Leben, als daß er eine Bibel gefunden. Fortan verzichtet er auf Lust und Ehre und Einfluß, die ihm in den Schooß fallen wollten. Er hat nur noch eine Passion, Jesum. Diesen Jesus zu gewinnen und aller Welt zu offenbaren, das ist fortan seines Lebens Ziel. Was Jesu, seinem Herzensfreunde, widerstrebt, das wirft er mit der ganzen Gluth eines spanischen Ritters zu Boden. Seinem Freunde Jesus gehört die Welt. Aber diesem Jesus, dem weltgeschichtlichen Heiland, dem persönlichen Gottessohn wagt sein unveräußerliches Recht auf die Kirche streitig zu machen jene leichtfertige Schullehre von der Dreieinigkeit, welche mit der Bibel nicht stimmt noch mit der Vernunft sich reimt. Um Jesu willen darf man mit dem Schriftprincip nicht da ein Ende machen, wo man vor dem Allerheiligsten steht. Nein, wenn irgend eine Lehre der Kirche an der heiligen Schrift geprüft und aus ihr reformirt werden muß, so ist es die Lehre von Gott und den drei Personen. Für diese Ueberzeugung sucht Servet nacheinander alle Reformatoren zu gewinnen. Er ist das seinem Freunde schuldig, für den er spricht. Der Reformatoren Antwort ist Bann, Acht und Tod. Vornehm, stolz und verwegen lacht Servet ihrer Drohungen. Nie hat er einen Menschen gefürchtet noch als seinen Lehrer anerkannt. Von Jugend auf schaut er dem Tod ins Auge. Es ist so süß für die Wahrheit sterben. So ist er ein Reformator geworden wider Willen; ein Reformator, der da zu reformiren anfing, wo die Andern aufgehört hatten. Aber die Schullehre von der Dreieinigkeit ist allgemein angenommen. Wer sie verwirft oder gar verspottet, der reizt allüberall das Volk zur Wuth. Seitdem er Gegner der hergebrachten Fassung von der Dreieinigkeit geworden, darf Michael nie wieder den Boden seines heißgeliebten Spanien betreten. Reich begabt, wie wenige in seinem großen Jahrhundert, auf allen Feldern Epoche machend, die er berührte, muß er fliehen aus Basel, Augsburg, Straßburg, Hagenau. Auch Lyon und Paris werden ihm bald zu enge. Alle Maße seines Jahrhunderts passen dem Riesen nicht. Nur ein Erzbischof hat ihn verstanden, Peter Palmier in Vienne. Doch Calvin läßt ihm auch hier keine Ruhe. Michael de Villeneuve, als Ketzer denuncirt, wird in den Kerker geworfen. Als er entflieht, wird er in Genf verbrannt.

Autoritätenfrei, wie vielleicht kein zweiter im sechszehnten Jahrhundert, aber, wo es die Bibellehre gilt, bis zur Aengstlichkeit gewissenhaft; selbstlos fast ohne Grenze, friedfertig, gelehrt und gelehrig; das stille Stubirstübchen unbedingt vorziehend dem lauten Markt, den Extremen abhold, dem Wortstreit fremd, in den Ausdrücken unaufhörlich wechselnd, in der Sache fest; im Glücke übermüthig, in widrigen Schicksalen Gott vertrauend, fest und kindlich fromm; kirchgläubiger Katholik bis zum siebzehnten Lebensjahre, seit der Bibelfindung in Toulouse schriftgläubig bis in seinen Tod, freievangelisch, Protestant niemals, aber auch nie wieder Pabstvergötterer, hat Michael Servet y Reves, der Arragono-Navarrese durch seinen freien, unbedingten, rücksichtslosen Bibel-Radikalismus Alle nacheinander sich zu Feinden gemacht. Für das Volk lebend, forschend, helfend; auf die ewige Seligkeit auch der Geringsten (vetulae, lippi, tonsores) bedacht, hat er, mit Ausnahme von Vienne, nirgend sich länger als ein Jahr aufhalten können, ohne dem Scheiterhaufen gegenüber gestellt zu werden: ein Salamander, dessen Element das Feuer ist. Sich selbst genug in der ihm von Gott gegebenen Kraft, erhaben über das zufällig ihm Begegnende in seiner traditionellen Umgebung, getragen von dem ihm einwohnenden königlichen Geist, sein Ziel im Sprunge zu erreichen gewohnt, fragt er nicht nach der wüsten Welt um ihn her, ein aragonischer Löwe zu den Füßen Jesu. Originell und genial, bald Erfinder, bald Entdecker, von seinen Zeitgenossen verlassen, verhöhnt und verkannt, für sein Jahrhundert scheinbar erfolglos, nur daß seine Syrupslehre fünf Auflagen erlebte und sein Ptolemaeus zwei, hat Michael mit seinem guten

Gewissen dem Himmel sich um so näher gefühlt, je weiter ihn die Erde von sich stieß. In allen Wissenschaften scharfsinniger Beobachter; gestern Schüler, heute Lehrer, morgen Meister und Muster, hat er nie etwas Höheres sein wollen, als Bibelstudent. Sein verzehrender Feuereifer für die Wahrheit in allen Religionen, bei Zoroaster, Moses, Trismegistus, Plato, Christus und Muhamed, seine ehrliche Geradheit in allen Dingen und Mannhaftigkeit auch den höchsten Spitzen gegenüber, sein nicht kopfhängerisches, nicht trübseliges und mattes, sondern frisches, frohes, rechtschaffnes Christenleben ließen ihn, auch wo er angeklagt war vor Gericht, als den eigentlichen Richter erscheinen, der weiter sah, als die Scholle, an der sein Fuß haftete; weiter als die kurze Spanne Zeit, in der seine Pulse schlugen; weiter als die kleine Erdenwelt, der das Atom seines Leibes angehörte. Das Herz bei seinen Mitmenschen, das Haupt im Himmel, den Arm um seines göttlichen Freundes Jesu Schulter, den Geist bei Gott: so ragt der bleiche spanische Riese vom Genfer Blutgerüst in unser Jahrhundert und fragt es aus seinen Flammen: „Verworfen hat mich meine Zeit. Gelebt habe ich für die Nachwelt. Verstehst du, was ich gewollt und wofür ich gestorben bin?" ...

Anmerkungen.

1) Syruporum universa ratio 1537. 1545. 1546. 1547. 1548.

2) S. Mein Luther und Servet. Berlin bei Mecklenburg 1875.

3) Stähelin. Calvin I. 428.

4) qu. 3. des 23. Aug. 1553 zu Genf.

5) qu. 4. l. l. — Wie es damals in Toulouse aussah, darüber S. v. Raumer. Taschenbuch 1874. III.; — über Servets Bibelstellung: Hilgenfeld's Zeitschrift 1875. I.

6) ayant zèle de vérité qu. 19. l. l.

7) qu. 10. cf. qu. 20. 21. — auch qu. 2 des 15. Aug. 1553.

8) qu. 15. vgl. Raumer's Taschenbuch. 1874. S. 77—98.

9) qu. 16. cf. qu. 4 des 14. Aug. 1553.

10) Sehr richtig fragt Saisset den die Aufrichtigkeit des Glaubens von Servet bezweifelnden Calvin: qu'est ce qui luttait en lui contre vos instances, unies à celles de Farel, quand vous lui demandiez une abjuration avec la vie pour récompense? Etait-ce encore l'orgueil? évide . ment non; c'était sa conscience et sa foi p. 223.

11) De Trinitatis erroribus. L. VII. fol. 78a.

12) temporalem nobis in verbo dedit, et aeternam in carne lucrifecit.

13) mirabili virtute mundum subjecit et subjiciet et sine strepitu armorum mentes ducit captivas.

14) fol. 78b. vgl. Theolog. Stud. u. Krit. 1875. S. 720 f.

15) ut hoc unicum de fide in Christum praeceptum sit loco universae legis subrogatum. fol. 82b.

16) Nam Christus est mihi unicus magister.

17) esse Christum, filium Dei, salvatorem. fol. 82 b.

18) fol. 86 b. — Dieſes Pro quo dico, ſo mitten in der Rede, hat etwas Erhabenes und Ergreifendes. Gerade ſolche naive Ausbrüche ſeiner Frömmigleit ſind am allerbezeichnetſten.

19) nam oculi carnis trahunt secum oculos mentis. fol. 90 a.

20) fol. 109 a. 21) fol. 109 b. 22) fol. 112 a.

23) Dialogorum de Trinitate. L. II.

24) fol. 9 b.

25) Utinam in simplicitate et fide istorum moriatur anima mea et non in versutiis alicujus ex magistris nostris. fol. 10 b.

26) quod erat nostrum. Solche unwillkürliche Einſchaltungen beweiſen am beſten die Wahrheit ſeiner Genfer Ausſage, daß er nicht von Juden ſtamme.

27) fol. 30 b.

28) Restitutio Christianismi. a. 1553.

29) p. 51. 30) p. 217.

31) in eo (Christo) est omnium specimen, omnium idea et omnium plenitudo.

32) p. 218 sq. 33) p. 219.

34) In solo Christo est veritas, aeternitas, in eo solo est tota plenitudo et tota salus nostra. Sit ille solus super omnia semper benedictus Deus. Amen. p. 247.

35) syncero pectore verum Christum et eum totum divinitate plenum agnoscimus (fol. 11 a. De trinit. error.).

36) In eo (Christo) cognoscendo jugiter laboro, dies noctesque meditor, ejus misericordiam implorans et verae cognitionis revelationem. p. 248.

37) p. 253. vgl. Hilgenfeld's Zeitſchr. XIV. 2. S. 241—263.

38) Unus Christus divina et humana in unius sui corporis plasmate recapitulat. p. 269.

39) Cui soli cum Deo Patre in substantiae et spiritus unitate regnanti, sit in aeternum gloria, imperium et omnis potestas. Amen. p. 286.

40) p. 290. 41) p. 296. 42) p. 292. 43) p. 353.

44) p. 707. 45) p. 4.

46) Auch vor Gericht beruft er ſich auf dies bibliſche Motiv ſeiner Schriftſtellerei. Car Notre Seigneur nous a commandé en S. Matth. X. que ce que lui nous aura révélé en secret, que nous ne le devons point cacher, mais le communiquer aux autres: et aussi dit au V. Ch. que la lumière qu'il nous aura donné, nous

ne la devons point mettre sous le banc, ni sous l'escabelle, mais
en lieu qu'elle luise aux autres, et que ainsi selon Dieu et sa
conscience il pensoit avoir bien suivi tous les passages de la
Ste. Ecriture qui parlent de telles questions et aussi les premiers
anciens Docteurs de l'Eglise caet. caet. (qu. 10 des 23. Aug. 1553
im Genfer Verhör.)

47) p. 4. Restit.

48) De Regeneratione. L. I. p. 410 der Restit.

49) Da servo tuo, militi tuo, ut contra draconem serpentem
diabolum, qui potestatem Bestiae, i. e. Papae dedit, potentia tua
magna viriliter pugnet (p. 410 Restit.).

50) Vgl. Magazin b. Ausl. 1875. S. 333—336.

51) Servet betet auch im Namen des heiligen Geistes. Zum
heiligen Geist betet er darum nicht, weil für diese Gebetsweise kein Beispiel aus der Bibel aufgebracht werden kann: Ad Spiritum sanctum
nec ante nec post incarnationem leguntur seorsim factae preces
(Restit. p. 707.). Auch im Beten ist Servet biblischer Theologe!

52) p. 576. der Restit.

53) Restit. p. 22.

54) Restit. p. 287. Schluß des Prooemium zu L. III de fide
et justicia regni Christi.

55) Restit. p. 356. Schluß der Vorrede zu De regeneratione
superna.

56) Vgl. Jahrb. f. protest. Theologie. 1876. S. 421—450.

57) Restit. p. 627.

58) Restit. p. 670. Vgl. Hilgenfeld's Zeitschr. XIX. 3. S. 371-388.

59) M. Servét p. 222 sq. Paris. 1859.

60) judicabit ecclesia (de Trinit. error. L. l. f. 2a.) — vgl.
seine Erklärung vor dem Genfer Gericht, bei Trechsel I. 314 qu. 31.

61) il s'est jetté à terre avec larmes, requérant qu'on le jugeât
ici, et que Mess. fissent de lui ce qu'il leur plaira, requérant ne
l'y envoyer point, qu. des 31. Aug. 1553. p. 316 bei Trechsel I.

62) qu. des 31. Aug. 1553: s'il n'alloit point à la Messe à
Vienne? Rp. que oui et qu'il étoit forcé, et que St. Paul fit bien
le semblable, entrant au temple comme les Juifs, comment est con-
tenu au 22. Chap. des actes, qu'il allègue: et puis après a con-
fessé qu'il a péché en ce, mais que c'étoit pour crainte de la mort
(l. l. bei Trechsel I.).

63) tie Calvin in feinen Briefen ermuthigt, während er felber fehr wohl fich aus den Schlingen der Gefahr zu ziehen weiß.

64) Ueber Servet als Geograph S. Koner's Zeitschrift für Erdkunde 1875. S. 182—222.

65) Wie Servet ein Mediziner wurde, darüber S. Göschen's Klinik. 1875. Nr. 8 u. 9.

66) bei Mosheim. A. B. S. 393.

67) bei Mosheim. A. B. S. 415.

68) S. „Servet und die Bibel" in Hilgenfeld's Zeitschr. 1875. I.

69) S. „Die Toleranz im Zeitalter der Reformation" in v. Raumer's Taschenbuch. 1875. S. 104—137.

70) De syruporum ratione. fol. 27 a.

71) Ueber Champier S. Virchow's Archiv. Band 61 a. 1874.

72) Nomini ejus pepereissem, si sperassem, eum sua posse emendare. Hac enim ratione viventium parco: non quod in eos pugnam detrectem. (Syrupor. ratio. fol. 39 b.)

73) Secundo Te per Deum oro, ut nomini meo et famae parcas (1531 an Oecolampab bei Mosheim A. B. p. 393.).

74) vgl. Servet an Pepin. Bei Mosheim A. B. S. 415.

75) Die Restitutio Christianismi erschien anonym. Nur hinten M. S. V. deutet den Michael Servet Villanovanus von ferne an.

76) vgl. Preyer: physiolog. Zeitschr. 1876.

77) cf. 28. Aug. 1553 zu Genf bei Trechsel I. 309.

78) vgl. „Die Beichtväter Kaiser Karl V.," im Magazin des Auslandes 1874. Nr. 14. 16. 18. — v. Kahnis, Kirchengeschichtl. Zeitschr. 1875. S. 545 — 616.

79) Crassae istae similitudines tibi forte videbuntur. Sed ne mireris, infirmiores oportet lacte potare. Tibi autem in sequentibus erit solidus cibus. (De Trinit. error. fol. 68 b.)

80) Restitutio p. 720.

81) cf. Paulus Speratus von Gosack. Braunschw. 1861.

82) Si divinitatem alicubi inhabitare credas, an putes, eam alibi quam in homine habitare? Est profecto in homine plenitudo illa omnis et major quam unquam intellexit mundus (Servet: Dialog. I. fol. 6 b.).

83) cui hoc unum fuisse propositum palam est, ut omnem divinitatis sensum ex hominum memoria deleret (Calvin: Defensio orthod. fid. contra Servetum p. 57.).

84) Genfer Erkenntniß, bei Mosheim. A. B. S. 445.

85) Ueber Servet's Lehrer in der grammatisch-kritischen Auslegung Paulus Burgensis S. in Zöckler's Beweis des Glaubens. 1874. Juni.

86) Thelemann, Kirchenzeitung 1876, S. 143.

87) De Syruporum ratione. fol. 3 b.

88) De justicia regni Christi a. 1532. p. 92.

89) Ego enim eo ip o quod oculos erigo, video Joannis visione oraculum illud ab aeterno veniens, video Jesum Christum in nubibus coeli, speculatore Daniele venientem, in quadrigo Ezechielis et inter myrtos Zachariae equitantem, et in solio Esaiae sedentem (fol. 116a. De Trinit. err.).

90) Et cum hoc fuerit rationis divinae artificium, cogor dicere fuisse logon (l. l.).

91) Ego ipse, qui loquebar, ecce adsum Esai 52. Ille ipse, quem oculis cernis et manibus tangis, divina illa effigies est, nunc corpus: erat hoc ipsum, quod Deus, et nunc est hoc ipsum quod homo, et manet Deus et in Deo sicut antea (l. l.).

92) Spiritus hominis semper aut spiritum diaboli sessorem habet, et super hoc contingit digladiatio: Nam etiam si a malo spiritu agitemur, semper tamen spiritus Dei nos aliquando monet (fol. 73a. De Trinit. errorib.).

93) Restitutio p. 51.

94) Prooem. libror. de Trinit. in der Restitutio.

95) Magnum et sublime est hoc Christi mysterium, quod apostolorum tempore non temere in vulgus emittebatur (Restit. p. 19.).

96) Magazin d. Auslandes. 1876. S. 333—336.

97) Deum antea non visum, nos nunc revelata facie videbimus et lucentem in nobis ipsis intuebimur (Prooem. libb. de Trinit.).

98) Constantino Imp. facto tunc monacho et Sylvestro in Papam Regem converso, necesse fuit, faciem orbis inverti (p. 398. Restit.)

99) tripartitum Deum caet. (Restit. p. 22.).

100) cf. Mosheim. Anh. Versf. 93 sq. — Henry III. 125 sq. Trechsel I. 122 sq.

101) Fanaticos tu clamas furores, qui de coelesti Christi baptismo sunt divini sermones, quos tu impudenter cavillaris. Spiritus sanctus tibi et tuis animalibus insanus furor censetur (Restit. p. 720: Apolog. ad Melanchthon).

102) Restitutio Christianismi p. 734.

103) vgl. Trechsel I. 306. Fr. 18. und 314. Fr. 26.

104) bei Trechsel I. 311.

105) a. a. O. I. 314.

106) vgl. Protestant. Kirchenzeitg. 1875. S. 931 — 935.

Druck von Gebr. Unger (Th. Grimm) in Berlin, Schönebergerstr. 17a.

www.ingramcontent.com/pod-product-compliance
Lightning Source LLC
Chambersburg PA
CBHW022202020726
47496CB00008B/2847